The Man with Bad Manners

Written by

Idries Shah

بدچلنده سړی

لیکونکی: ادریس شاه

ژباړن: محمد فرید بزگر

HOOPOE BOOKS

ONCE UPON A TIME, many many years ago, when birds flew upside-down, there was a village.

Everyone who had a house in the village also had a field. And in their fields they grew potatoes and carrots and cabbages and all kinds of other crops.

وو نه وو، کلونه کلونه مخکې، هغه وخت چې به مرغيو سرچپه الوت کاوه، يو کلی وو.

هر چا چې په دې کلي کې کور درلود د کرکيلې لپاره يې ځمکه هم درلوده. او په خپلو ځمکو کې به يې پټاټې (کچالو)، ګازرې، کرم او د سبو نور ډولونه کرل.

Now, all the people who lived in the village were very courteous and well-behaved, except for one man who had very bad manners.

اوس ، ټول خلک چې په دې کلي کې
اوسېدل يو بل ته يې خورا درناوی
درلود او ښه چلند يې کاوه، پرته له يو
سړي چې ډېر بدچلنده وو.

Whenever anybody said "good morning" to the man with bad manners, he would say "blah, blah, blah." And when anybody said "good evening" to him, he would say "blee, blee, blee."

The people would become annoyed when he did this, and they would say, "Why do you have such bad manners?"

But he would just say, "blah, blah, blah." Except, of course, when he said, "blee, blee, blee."

کله چې به ورته یو چا وویل "ښه سهار" بدچلنده سړي به ورته وویل: "بلا، بلا، بلا."
او کله چې به کوم چا ورته وویل "ماښام په خیر" هغه به ورته وویل "بلې، بلې، بلې."

کله چې به هغه دا کار کاوه، نو خلک به ترې ډېر خفه کېدل، او دوی به ویل: "تاسې
ولې داسې بد چلند کوئ؟"

خو هغه به یوازې دا ویل: "بلا ، بلا ، بلا." او یا به یې ویل، "بلې، بلې، بلې."

For a long time, the people weren't too bothered by the man's behavior. They knew good manners from bad manners, and most of the time they didn't take much notice of the man with bad manners.

But one day he got worse. He began to go out at night and stand outside different houses, and he would beat tin cans and make terrible noises.

BANG! BANG! BANG!

This would wake the people up, and they would lean out of their windows and say, "Why are you making such a racket?"

د ډیر وخت لپاره، خلکو ته د سړي چلند ډیر ځورونکی نه وو. دوی د بد چلند او ښه چلند توپیر کولای شو، او ډیری وختونه یې بدچلنده سړې ته ډیره توجه نه کوله.

خو یوه ورځ د هغه حالت ډیر خراب شو. هغه د شپې بهر راووت او د کورونو مخې ته به ودرید، او حلبي ټیمان به یې سره وهل بد غږونه به یې ترې ویستل.

بنګ! بنګ! بنګ!

چې له کبله به یې خلک راویښ شول، له کړکیو به یې سرونه راوویستل او ویل به یې: "ولې دې داسې زوږ جوړ کړی دی؟"

But he would just
beat the cans harder.

BANG! BANG! BANG! BANG! BONG!
BANG! BING! BANG!

The people simply didn't know what to do with him.

خو هغه به د ټیمانو ګړبهار نور هم ډېر کړ.

بنګ! بنګ! بنګ! بنګ!

بنګ! بنګ! بنګ! نګ!

خلک نه پوهیدل چې د هغه سره څه وکړي.

Now, one day, the man with the bad manners went to stay with some friends in another village. The people were so glad he was going away that they all gathered to watch him walk out of town.

Among those watching was a very clever boy.

یوه ورځ دغه بدچلنده سړی بل کلي ته د خپلو ملګرو لیدلو ته روان شو، خلک ډیر خوشحاله وو او د کلي څخه یې د هغه د تللو تماشه کوله.

په دوی کې یو ډیر هوښیار هلک وو.

As soon as the man was out of sight, the clever boy stood on a box and called all the people to come together.

And when the people had gathered, the clever boy said, "I want to talk to you about the man with bad manners."

کله چې سړی له سترګو پناه شو، هوښیار هلک په یوه پیټۍ ودرید، او پر ټولو
خلکو یې غږ کړ چې سره راټول شي.

او کله چې خلک راټول شول، هوښیار هلک وویل: ”زه غواړم له تاسو سره
د هغه بدچلنده سړي په اړه خبرې وکړم.“

Everyone spoke at once.

"He's gone!"   "Thank Goodness!"   "Yes, he's gone!"

"What a relief!"   "Why should we talk about him?"

"But he's going to come back!"

said the clever boy.

"You're right," said the old woman. "He's going to come back, and then he will just annoy us all over again!"

"Yes, indeed!" said an old man.

ټولو یوځای خبرې پیل کړې.

”هو، هغه لاړ!“

”هغه لاړ!“

”شکر خدایه!“

”موږ ولې باید د هغه
په اړه وغږیږو؟“

”څومره آرامي!“

بوډۍ ښځې وویل:
”تاسو رښتیا وایاست. هغه ځي
چې بیرته راشي، او موږ بیا په
تکلیف کړي!“

هوښیار هلک وویل:
”ځکه چې هغه
بیرته راځي!“

یو بوډا سړي وویل:
”هو، په
رښتیا هم.“

"What can we do?" cried the people.

"I have an idea," said the clever boy. "I've thought of a way to make him change his ways."

"Tell us, quickly!" shouted the people.

"Well," said the clever boy, "the man has a field, and in his field he is growing potatoes. While he's away, we'll take the potatoes out and put carrots in their place. Then, when he comes back, we can pretend that it isn't his field and that this isn't even his village."

"What about his house?" asked the old woman. "He'll go to his house, and he'll know that this is his village because he'll see his house right there."

"His house is red," said the clever boy. "We'll paint it green so he'll think it's some other house."

خلکو چغه کړه: " موږ څه کولی شو؟"

هوښیار هلک وویل: "زه یو نظر لرم، فکر کوم کولی شو،
د دغه سړي لاره بدله کړو."

خلکو چیغې کړې: "ژر یې ووایه!"

هوښیاره هلک وویل: "ښه، سړی ځمکه لري، او په ځمکه کې پټاټې یا کچالو کري.
له کله چې هغه دلته نشته، موږ به کچالو راوباسو او په ځای به یې ګازرې وکرو.
بیا، چې کله هغه بیرته راشي، هغه به فکر وکړي چې دا د هغه ځمکه نه ده او دا
کلی هم د هغه نه دی."

بوډۍ ښځې پوښتنه وکړه: "د هغه کور به څنګه شي؟ کله چې هغه خپل کور ته لاړ
شي، نو پوه به شي چې دا د هغه کلي دی ځکه چې کور یې همدلته دی."

هوښیار هلک وویل: "د هغه کور سور دی، موږ به شین رنګ ورکړو نو هغه به فکر
وکړي چې دا کوم بل کور دی."

"What if he goes inside?" asked the old woman.

"I've thought of that, too," said the clever boy. "We'll paint the walls a different color, and we'll paint the furniture a different color, and then we'll rearrange it. He's sure to think then that it's somebody else's house."

"What good will that do?" several people said.

"Well," said the clever boy, "he'll either go away or he'll change his ways."

"You know," said the old woman, "it just may work!"

بوډۍ ښځې پوښتنه وکړه: ”که هغه دننه لاړ شي؟“

هوښيار هلک وويل: ”د دې په اړه هم ما فکر کړی دی. موږ به دېوالونو ته بل رنګ ورکړو، د مېزونو او چوکيو رنګ به هم بدل کړو، او بيرته به يې منظم کړو. هغه به ډاډه شي چې دا د بل کوم چا کور دی.“

څو تنو وويل: ”ښه د دې کارونو ګټه به څه وي؟“

هوښيار هلک وويل: ”ښه، هغه به بل چيرې لاړ شي او يا به خپله لار بدله کړي.“

بوډۍ ښځې وويل: ”ته ډاډه يې چې دا چارې به کار وکړي!“

And so the people got together and worked very hard. They dug up all the man's potatoes and put carrots in the ground in their place.

They painted the walls outside his house.

او له دې کبله خلک سره راټول شوا و ډېر سخت کار يې وکړ. دوی د سړي ټول کچالو راوويستل او پر ځای يې په کې ګازرې ښخې کړې.

دوی د هغه د کور بهر دېوالونه رنګ کړل.

They painted the walls inside his house. They painted all the furniture. And they rearranged everything so that it all looked quite different.

دوی د هغه د کور دېوالونه له دننه رنګ کړل. دوی ټولې چوکۍ
او میزونه رنګ کړل. او دوی هرڅه بیرته منظم کړل نو دا ټول لږ
څه بل ډول ښکارېدل.

Not long afterwards, the man with the bad manners came back. As he walked into the village, he said "blah, blah, blah" and "blee, blee, blee" to everyone he saw, and he hit tin cans just as loudly as ever. BANG! BANG! BANG!

The people gathered around him, and the clever boy said, "Hello there! Who are you?"

"You know who I am," said the man with bad manners, banging on a can.

"Oh, no, we don't!" said the people.

"Yes, you do! This is my potato field," said the man, pointing to his field.

"But there are carrots in this field," said the clever boy, pulling a carrot out of the ground. "This can't be your field."

څه موده وروسته بدچلنده سړی بیرته راغی. کله چې کلي ته رادننه شو، د هر سړي په لیدو به یې ویل: "بلا، بلا، بلا" او "بلې، بلې، بلې" او لکه د پخوا یې ټیمان سره جنګول او له هغو به لوړ غږ پورته کېده: بنګ! بنګ! بنګ!

خلک د هغه شاوخوا راټول شول، او هوښیار هلک وویل، "سلام! تاسې څوک یاست؟"

بدچلنده سړي په داسې حال کې چې ټیمان ګړبېدل، وویل: "تاسو پوهېږئ چې زه څوک یم."

خلکو وویل: "اه ، نه، نه دې پېژنو!"

سړي خپلې ځمکې ته په اشاره کولو وویل: "هو، تاسو مې پېژنئ! هغه زما د کچالو کرونده ده."

هوښیار هلک ور ته وویل: "په دغه ځمکه کې خو ګازرې دي،" او له ځمکې یې یوه ګازره راوویسته. "دا ستاسو ځمکه نشي کیدی."

"But my house is right over there!" said the man.

"What color is your house?" asked the clever boy.

"You know perfectly well that my house is red," said the man.

"But this house is green," said the clever boy.

The man looked carefully at his house and said,
"Good heavens! That house is green."

And then he ran over to the window and looked inside and saw that everything was quite unfamiliar.

سړي وویل: ”خو دلته زما کور دی!“

هوښیار هلک ترې پوښتنه وکړه: ”ستا کور کوم رنګ دی؟“

سړي وویل: ”تاسو ښه پوهیږئ چې زما کور سور دی.“

ځیرک هلک ورته وویل: ”دا کور خو شین دی.“

سړي خپل کور ته په غور سره وکتل او ويې ویل: ”اه، خدایا! دا کور خو شین دی.“

او بیا هغه کړکۍ ته ورغی او دننه يې وکتل او ويې لیدل چې هرڅه یو څه نا اشنا وو.

"Dear me!" said the man, scratching his head.
"Maybe I don't come from this village after all."

He looked around at all the villagers, and then looked down at the ground, and all of a sudden, he became very sad. "But, if I don't come from this village, where do I come from?"

"It's a secret," said the clever boy, "but we can tell you the secret only on one condition. You must promise to use good manners and speak courteously and behave properly from now on. If you promise that, we'll tell you the secret."

"I promise! I promise!" said the man. "Please tell me!"

And then the people all spoke at once. "We painted your house on the outside." "We put carrots in your field." "We painted it on the inside." "We painted all your furniture." "And, then, we rearranged it."

"We did it all to teach you a lesson," said the clever boy. "But now that you have promised to behave yourself, we'll change everything back, and we can all live happily ever after."

سړي خپل سر وګراوه او له ځانه سره يې وويل: ”کېداى شي زه د دې کلي نه يم “.

هغه شاوخوا ټولو کليوالو ته وکتل او بيا يې ځمکې ته وکتل، ډېر خفه وو او په خفکان سره يې وويل: ”خو که زه د دې کلي نه يم، نو د کوم کلي يم؟“

هوښيار هلک وويل: ”دا يو راز دی، او دا راز مور تا ته په يو شرط ويلی شو. ته بايد ژمنه وکړې چې سر له اوسه دې اخلاق ښه کړې، په نرمۍ خبرې وکړې او سم چلند وکړې. که تاسو دا ژمنه وکړه، نو موږ به يې تاسو ته راز ووايو.“

سړي وويل: ”زه ژمنه کوم! زه ژمنه کوم!، مهرباني وکړئ را ته يې ووايې!“

او بيا خلکو ټولو يو ځايي وويل: ”موږ ستاسو د کور بهر رنګ کړ.“ ”موږ ستاسو په کرونده کې ګازرې ښخې کړې.“ ”موږ ستاسې د کور دننه رنګ کړ.“ ”موږ ستاسو ټول ميز چوکۍ رنګ کړل.“ ”او بېرته مو منظم کړل.“

هوښيار هلک وويل:
”موږ دا ټول تاسو ته د
درس درکولو لپاره وکړل.
خو اوس چې تاسو د ځان
د سمولو ژمنه کړې، نو موږ
به هرڅه بيرته بدل کړو، او
موږ ټول به له دې وروسته
په خوښۍ کې ژوند
وکړو.“

So, the man with bad manners promised again to change his ways. He promised, and he promised, and he promised. And then the people changed everything back for him.

From then on, when anyone said, "Good morning," to the man, he replied cheerily, "Good morning to you!" And when anyone said, "Good evening," to the man, he replied courteously, "Good evening to you!"

And he never banged another can ... ever. And so, indeed, everyone did live happily ever after.

نو، بدچلند سړي بیا ژمنه وکړه چې خپل چلند به بدل کړي. هغه ژمنه وکړه، او هغه ژمنه وکړه، او هغه ژمنه وکړه.او بیا خلکو د هغه لپاره هرڅه بیرته بدل کړل.

له هغه وروسته، کله چې به دغه سړي ته هر چا ویل: "سهار مو نیکمرغه" هغه به ځواب ورکاوه: "ستا دې هم سهار نیکمرغه وي!" او کله چې به دغه سړي ته چا وویل: "ماښام مو په خیر" نو هغه به په ځواب کې وویل: "ستا ماښام دې هم نیکمرغه وي!"

او هغه هیڅکله بل ټیم و نه کړنګاوه ... او په حقیقت کې، وروسته له دغې هر چا په خوښۍ کې ژوند کاوه.

The Farmer's Wife	د بزګر ښځه
The Lion Who Saw Himself in the Water	هغه زمری چې خپله څیره یې په اوبو کې ولیده
The Silly Chicken	مسخره چرګ
The Clever Boy & the Terrible, Dangerous Animal	هوښیار هلک او داړونکی ځناور
The Old Woman and the Eagle	بوډۍ او ګوربت
The Boy Without a Name	بی نومی هلک
The Man and the Fox	سړی او ګیدړ
Neem the Half-Boy	نیم هلک
Fatima the Spinner and the Tent	تاوونکې فاطمه او کیږدۍ
The Magic Horse	جادویي آس

www.idriesshahfoundation.org

www.idriesshahfoundation.org

First Edition 2003
Second Impression 2006
Paperback Edition 2006, 2008
This English-Pashto Bilingual Edition 2022

www.hoopoebooks.com

Published by Hoopoe Books,
a division of The Institute for the Study of Human Knowledge

Visit www.hoopoekids.com for a
complete list of Hoopoe titles, and free downloadable resources
for parents and teachers including lesson plans
aligned to national and state educational standards.

ISBN: 978-1-953292-94-0

Library of Congress has catalogued a previous English language only edition as follows

Shah, Idries, 1924-
  The man with bad manners / by Idries Shah ; illustrated by Rose Mary Santiago.-- 1st ed.
    p. cm.
  Summary: A clever boy and other villagers devise a plan to improve the manners of one
of their neighbors. Based on a folktale from Afghanistan.
  ISBN 1-883536-30-8 (hardcover)
  [1. Folklore--Afghanistan.] I. Santiago, Rose Mary, ill. II. Title.

PZ8.1.S47Man 2003
398.2--dc21
[E]
                                                            2003050816

CPSIA information can be obtained
at www.ICGtesting.com
Printed in the USA
BVHW020253221122
652432BV00005B/58